# Hans Bär

Theodor Storm

copyright © 2023 Culturea éditions
Herausgeber: Culturea (34, Hérault)
Druck: BOD - In de Tarpen 42, Norderstedt (Deutschland)
Website: http://culturea.fr
Kontakt: infos@culturea.fr
ISBN:9791041933938
Veröffentlichungsdatum: April 2023
Layout und Design: https://reedsy.com/
Dieses Buch wurde mit der Schriftart Bauer Bodoni gesetzt.
Alle Rechte für alle Länder vorbehalten.
ER WIRT MIR GEBEN

In einem alten Fichtenwalde wohnte einmal vor vielen, vielen Jahren ein armer Köhler mit seiner Frau, die ihm erst vor kurzem ein gesundes Knäblein geschenkt hatte, das in der Taufe den Namen Hans empfing. Dieser entwickelte bald nach seiner Geburt eine solche Körperstärke, daß er drei kleine Hündchen, die die Eltern ihm als Spielkameraden beigegeben hatten, der Reihe nach mit seinen Händchen zu Tode drückte. Darüber schalten sie nun wohl den Knaben; in ihrem Herzen aber freuten sie sich über die so wunderbaren Anlagen ihres Söhnleins und gedachten noch einmal etwas Großes aus ihm zu ziehen. Doch nicht lange sollten sie solcher Freude genießen, wie ich dir sogleich erzählen werde. Es hauste nämlich in diesem selbigen Walde ein ungeheurer Bär; dem hatten die Jäger seine beiden Jungen genommen, worüber er sehr betrübt war und Tag und Nacht vor Schmerz im Walde umherheulte. So kam er auch einst vor das Haus des Köhlers, wo der kleine Hans an der Erde saß und spielte.

Als der Bär ihn gewahrte, ward er noch lebhafter gemahnt, an seine eignen Kindlein zu denken, und um Rache zu nehmen an den bösen Menschen, die sie ihm geraubt hatten, fuhr er auf den kleinen Hans zu, um ihn zu fressen. Hans aber riß ein Bäumchen aus der Erde und schlug so tapfer auf den großen Bären los, daß dieser, erstaunt über die Kraft und den Mut des Kindes, bald ganz andern Sinnes ward und bei sich selber dachte: ›Den Jungen sollst du mit in deine Höhle nehmen und ihn säugen mit deiner Milch und ihn so stark machen, wie es wohl sonst deine eignen Bärlein geworden wären, damit er dich wieder pflegen und schützen kann, wenn du einmal alt und schwach geworden bist.‹ Solches dachte die alte Bärenmutter in ihrem Sinn, nahm dann trotz seines Schreiens und Sträubens den kleinen Hans gar sanft zwischen ihre Vordertatzen und trabte mit ihm waldeinwärts ihrer Höhle zu.

Kaum war sie daselbst angekommen, so legte sie auch sogleich ihr neues Pflegesöhnlein auf das weiche Lager, das sie vorher ihren eignen Kindern bereitet hatte, schüttelte ihm die Streu zurechte und brummte ihn gar freundlich an, daß Hänschen sich allmählich beruhigte und endlich vor Ermattung und Müdigkeit einschlief.

Als er am andern Morgen die Augen aufschlug, sah er den alten Bären vor seinem Lager sitzen, der ihm mit seinen Tatzen eine Menge schöner, roter Erdbeeren darreichte, die er in der Frühstunde für ihn im Walde gepflückt hatte; dann bot er ihm seine Brust und säugte ihn

mit seiner Milch, so daß Hänschen gar vergnügt ward und den alten
Bär bald auf dem breiten Rücken klopfte, ihn bald in seinem zottigen
Pelz zauste, daß es eine Lust war. Als sie es so eine Weile getrieben
hatten, ging der Bär wieder aus der Höhle, wälzte aber, bevor er
wegging, einen ungeheuren Stein vor die Öffnung, daß unserm
Hänschen rein Tor und Tür versperrt war, so gerne er auch hinterdrein
gewesen wäre.

So ging's eine Zeitlang fort; morgens ging der Bär aus, und mittags
kam er wieder nach Hause, wo er denn immer eine schöne Beere oder
Blume für sein Pflegesöhnlein mitbrachte, und nachdem er eine Weile
mit ihm gespielt hatte, trabte er wieder bis gegen Abend im Walde
umher, wälzte aber zu Hänschens großem Verdrusse stets den bösen
Stein vor die Öffnung der Höhle. Nach und nach war Hänschen nun
immer stärker und größer geworden, wozu der Genuß der kräftigen
Bärenmilch wahrlich nicht wenig beigetragen hatte; und je stärker und
größer er ward, desto verdrießlicher ward ihm der große Stein, der ihm
den Weg zu dem schönen, grünen Wald versperrte; und als eines
Morgens der alte Bär wie gewöhnlich waldeinwärts getrabt war, um
sich eine süße Portion Honig oder ein fettes Häschen zur Frühkost zu
suchen, da setzte Hänschen mit aller seiner Macht den Rücken gegen
den Stein, brachte ihn aber trotz seines Stampfens und Keichens nur
ein kleines von der Stelle; und als nun der alte Bär nach Hause kam
und es gewahrte, daß der Stein verschoben war, da sah er Hänschen gar
grimmig an und legte nur noch mehr Steine vor die Tür, als er das
nächste Mal die Höhle verließ. So mußte Hänschen sich denn fürs erste
in Geduld fassen; denn teils reichten seine Kräfte noch nicht hin, die
Steine gänzlich von der Öffnung hinwegzuschieben, teils fürchtete er
sich gar sehr vor dem Zorne des Bären, wenn dieser sähe, daß
Hänschen trotz aller seiner Pflege einen zweiten Versuch zum
Entfliehen machte. Als er aber endlich merkte, daß er groß und stark
genug sei, um die Steine alle hinwegstoßen zu können, da hielt er's
nicht länger aus: mit aller Macht stemmte er sich, als der Bär seine
gewöhnliche Nachmittagsreise angetreten hatte, wieder einmal gegen
die Steine und wer beschreibt die Freude! Knicks, knacks! ging es, und
rechts und links fielen und brachen die großen Steine auseinander. Da
stand er nun in Gottes freier Natur, in die er sich so lange
hinausgesehnt hatte, und um ihn rauschten die hohen, grünen Bäume,
und über ihm sangen die muntern Waldvögelein ihre hellen Lieder, daß
ihm wohl gar froh und leicht ums Herz gewesen wäre, wenn er sich
nicht gefürchtet hätte, der Bär möchte ihn wieder in die Höhle

zurückbringen. Deshalb lief er, so schnell ihn die Füße nur tragen wollten, immer der Nase nach vorwärts, bis er endlich an eine Köhlerhütte kam.

Indessen war es Abend geworden, und der Köhler ruhte mit seiner Frau schon aus nach der Arbeit des Tages; deshalb klopfte Hans, da er noch immer eine große Furcht vor dem Bären hatte, gar gewaltig an die Haustür, und als die guten Leute ihm endlich aufgemacht hatten und nach seinem Begehr fragten, bat er sie inständigst, ihn doch als Knecht in ihre Dienste zu nehmen, und erzählte ihnen seine ganze Geschichte, soweit er selber darum wußte. Der Köhler und seine Frau aber betrachteten ihn mit scharfen Augen und erkannten gar bald an einem schwarzen Wärzchen, das Hänschen an der linken Schulter hatte, daß der Schutzflehende niemand anders sei als ihr eignes Söhnlein, das sie vor vielen Jahren auf so wunderbare Weise verloren hatten. Wer war vergnügter als Hans, daß er so unvermutet seine lieben Eltern wiedergefunden hatte! Wer war vergnügter als der Köhler und seine Frau, als sie so unvermutet ihren lieben Sohn wiederfanden, der noch dazu aus einem kleinen Hänschen jetzt ein großer Hans geworden war.

Als er nun eine geraume Zeit bei ihnen verweilt und ihnen oft genug seine wunderbare Geschichte vorerzählt hatte, so sehnte er sich endlich in die Fremde und kündigte eines Tages seinen Eltern an, daß er große Lust hege, sich einmal auf die Wanderschaft zu begeben; und da diese nichts dawider hatten, so schnürte er eines Morgens sein Bündel und ging davon.

Da er sich nun genugsam im Lande umgetan hatte, so ward er des längern Wanderns müde; und als er einst einen großen, stattlichen Bauernhof sahe, so bedachte er sich nicht lange, sondern kehrte alsobald ein und bot dem Hofherrn seine Dienste an. Dieser aber, als er sahe, daß es ein großer und starker Bursche war, fragte ihn nach seinem Namen und nahm ihn als Knecht in sein Haus. Zu derselbigen Zeit waren die Früchte gereift in den Obstgärten; daher ward Hans am andern Morgen in den Garten geschickt, um seines Herrn Obstbäume zu schütteln. Als er aber sein Schütteln anfing, da brach er von den Bäumen die Zweige samt den Früchten herunter, und als sein Herr bald nachher in den Garten trat, um die Arbeit seines neuen Knechtes nachzusehen, da sprach Hans gar treuherzig zu ihm: »Herr, eure Obstbäume müssen wohl gar alt und spröde sein, denn da ich die Früchte schütteln wollte, brachen die Zweige mit herunter!« Der Herr aber gab ihm böse Worte, daß er ihm seine schönen Bäume verdorben habe; dann schickte er ihn in den Wald, um Holz zu fällen, und gab ihm eine blanke Axt mit auf den Weg. Hans aber warf die Axt beiseite und suchte sich eine starke eiserne Kette. Als er diese gefunden hatte, ging er, wie ihm befohlen war, in den Wald, befestigte bald an diesen, bald an jenen Baum seine Kette und riß so einen nach dem andern mit der Wurzel aus, bis gegen Abend sein Herr mit den andern Knechten zu Wagen angefahren kamen, um das gefällte Holz nach Hause zu holen.

Als sie aber sahen, daß der halbe Wald mit der Wurzel aus der Erde gerissen sei, wollten sie schier nicht ihren Augen trauen und fragten einer um den andern: »So sprich uns doch, Hans, wer hat dir solche Leibeskraft gegeben, daß du an einem Tage schaffest, was unsrer zehen nicht in hundert Tagen zu tun vermöchten!«

Hans, der bei aller seiner Stärke doch sehr gutherzig und gefällig von Natur war, befriedigte allen ihre Neugier und erzählte seine Geschichte der Wahrheit gemäß; dann lud er zwei der dicksten Eichbäume auf seine Schultern und ging gemächlich damit nach Hause. Die andern aber standen noch lange im Walde und suchten vergeblich die ausgerißnen Bäume auf ihre Karren und Wagen zu laden.

Bald ward die Geschichte weit und breit bekannt, und weil Hans von einem Bären gesäugt und gezogen und dadurch auch die Stärke eines Bären erhalten hatte, so ward er allenthalben nur Hans Bär genannt.

Den Hofherrn und seine Knechte war über eine so unmäßige Leibesstärke ein gewaltiges Fürchten angekommen, weshalb sie den starken Hans auf alle mögliche Weise loszuwerden suchten, was ihnen aber durchaus nicht gelingen wollte. Da hielten sie heimlich einen bösen Rat und besprachen sich, wie sie den guten Hans Bär ums Leben bringen wollten, damit er ihnen durch seine Stärke nicht noch einmal groß Leids zufüge.

Nachdem sie sich also beraten, trat eines Tags der Herr auf Hansen zu und sprach: »Siehe, meine Muhme hat mir vertraut, daß ihr Vater in dem Brunnen auf meinem Hofe einen Schatz vergraben habe, und da durch die Hitze das Wasser ausgetrocknet ist, so steige du hinab und grabe danach, ob du ihn finden mögest!« Hans tat, wie ihm befohlen.

Kaum aber war er hinabgestiegen, so kam der Herr mit seinen andern Knechten und warfen Steine in den Brunnen hinab, indem sie glaubten, ihn so leichtiglich aus dem Wege zu räumen. Hans merkte nun freilich ihre böse Absicht gar wohl; da ihm ihre Steinwürfe aber keine Schmerzen verursachten, so ließ er sie ruhig gewähren. Doch als sie nach und nach wohl einige Hundert Steine hinabgeworfen hatten, da riß ihm endlich die Geduld. »So jagt mir doch die Hühner vom Brunnen«, rief er ihnen von unten zu, »daß sie mir nicht also den Sand in die Augen streuen, oder ich werde euch nie und nimmer den Schatz aus dem Brunnen herausgraben!«

Als der Herr und seine Knechte solche Reden hörten, erschraken sie sehr; nachdem sie sich aber etwas von ihrem Schrecken erholt hatten, wälzten sie einen großen Mühlenstein zum Brunnen und stürzten ihn hinab. Nun glaubten sie doch sicher, sich den gefährlichen Hans Bär vom Leibe geschafft zu haben. Aber Hans Bär fing den Mühlstein auf und steckte seinen Kopf durch das Loch, daß ihm der Stein wie ein Kragen um den Hals hing, und als sie in den Brunnen hinabsahen, um sich seines Todes zu versichern, da rief er ihnen lachend zu: »Was, wollt ihr mich noch gar zum Pfaffen machen, daß ihr mir einen so gewaltigen Priesterkragen um den Hals hänget! Doch jetzt laßt's zu Ende sein mit der Narretei, und zieht mich heraus!« Und somit schleuderte er den Mühlstein aus dem Brunnen hervor, daß einer der bösen Knechte darunter begraben wurde. Die andern aber fürchteten sich heftig und zogen ihn alsobald heraus. Der Herr aber sahe, daß sie viel zu schwach seien, um einem so starken Manne das Leben zu nehmen, und bot ihm schweres Gold, wenn er sich wegen ihres bösen Willens nicht an ihnen rächen, sondern sein Bündel schnüren und das Haus verlassen wolle. Und Hans, der sich noch weiter in der Welt umsehen wollte, nahm das Gold, schnürte sein Bündel und ging davon.

Als er nun einige Tage marschiert hatte, so hörte er weit und breit gar viel Geredes von der großen Schönheit der Königstochter; zugleich aber vernahm er, wie ein ungeschlachter Riese sie zu seinem Ehgemahl begehre und wie darüber der König, ihr Vater, gar sehr in Angst und Nöten sei, so daß er jedem, der den Riesen erlege, die Hälfte seines Reichs und seine Tochter zur Gemahlin versprochen habe.

Hans wurde immer neugieriger, die schöne Prinzessin zu sehen. Denn je näher er der Königsstadt kam, desto mehr hörte er von ihrer unvergleichlichen Schönheit und Herzensgüte reden. Endlich war die Stadt erreicht.

Da saß die schöne Königstochter und schaute aus dem Erkerfenster ihres Schlosses und weinte gar bittere Tränen, daß ein so abscheulicher Riese sie als sein Ehgemahl hinwegführen sollte.

Hans war so von ihrem Anblick bezaubert, daß er sogleich bei sich beschloß, den Kampf mit dem Riesen zu bestehn, der schon drei schöne und tapfre Ritter erschlagen hatte, die um die Königsbraut mit ihm zu fechten wagten. Daher ging er alsobald zu einem Waffenschmidt und kaufte sich für das Gold, das er von seinem frühern Herrn empfangen hatte, einen schönen Helm, einen blanken Eisenrock, vor allen Dingen aber ein scharfes, starkes Schwert. So ausgerüstet, trat er vor den König und bat ihn um die Erlaubnis, mit dem Riesen zu kämpfen. Dieser aber gab ihm seinen Segen und versprach ihm seine Tochter und sein halbes Reich, falls er den Riesen erlegen sollte. Als Hans aber hinweggegangen war, da warf sich der gute König auf seine Knie und betete für seine Seele; denn er glaubte sicherlich, daß auch er, wie die andern drei, seinen Todesstreich empfangen würde.

Hans suchte indessen den Riesen auf, um ihn zum Zweikampf herauszufordern. Als der ihn kommen sahe, glaubte er wieder gar leichtes Spiel zu haben. Deshalb lehnte er sich gemächlich an einen Baumstamm und höhnte ihm entgegen: »Männlein, bist du vielleicht auch kommen, mir den Hals zu brechen, so versuche doch einmal, bevor du deinen schrecklichen Sarraß gegen mich ziehest, wie hoch du mein Schwertlein da von der Erde heben mögest!« Und somit schnallte er sich sein ungeheures Schlachtschwert von der Hüfte und warf es auf den Grund. Als der Riese solches tat, vermeinte er aber, daß Hans, wie die drei andern, es gar nicht vom Boden würde aufheben können. Hans aber hub mit einer Hand das furchtbare Schwert hoch über seinen Kopf und schleuderte es weit von sich weg, daß es bis an den Griff in die harte Erde hinabfuhr. Da dachte der Riese bei sich selber: ›Der ist wohl noch stärker als du‹, und redete ihm zu und sprach: »Ich sehe nun gar wohl, daß ich dir Unrecht getan habe und daß du ein nicht gemeiner Kämpfer bist; deshalb laßt uns Frieden schließen miteinander; denn zwei so wackre Streiter sollten billig als Freunde auseinanderscheiden. Siehe, ich gebe dir soviel Gold und Goldeswert, als du nur immer auf drei Wagen hinwegzuführen vermagst. Du aber ziehe deine Wege, und laß mir die schöne Königstochter; denn ich liebe sie mehr als alles Gold und Edelsteine der Erde.«

Hans aber liebte die schöne Königstochter selber mehr denn alles Gold und Edelstein der Erde, ja mehr denn sein eignes Leben und hörte nicht darauf, was der Riese sprach, sondern zog alsobald sein Schwert, und der Riese mußte nun das seinige aus der Erde herausziehen, wohin Hans es soeben geschleudert hatte. Hu, wie da die Schwerter aneinanderschmetterten, daß die hellen Funken heraussprangen. Doch nicht lange, da trennte Hans mit einem gewaltigen Hiebe den Kopf des Riesen vom Rumpfe, daß von seinem schwarzen Blute rings die grüne Erde bespritzt ward. Darauf nahm er das abgeschlagene Haupt des Riesen als Zeichen seines Sieges mit sich und ging wieder auf das Schloß des Königs, um ihm die frohe Botschaft von dem Tode seines Feindes zu melden und ihn an sein gegebnes Versprechen zu erinnern.

Als der König ihn so in sein Gemach treten sah, so ging er ihm entgegen und umarmte ihn und freute sich mit ihm seines Sieges. Dann sprach er zu ihm: »Komm mit mir, mein Sohn, daß ich dich zu der Prinzessin, meiner Tochter, führe und dir die Hälfte meines Reiches abtrete.« Und als sie nun zu der schönen Königstochter kamen, da freute auch sie sich über den Tod des bösen Riesen und über den schönen Mann, den ihr der König als künftigen Gemahl zuführte. Denn obgleich Hans Bär von großer Leibesstärke war, so war seine Schönheit doch nicht geringer denn seine Stärke. Daher freute sich die Prinzessin gar sehr eines so schönen Bräutigams und reichte ihm bald vor dem Altare Herz und Hand.

Kurz nachher starb der alte König, und nachdem sie ihn feierlich begraben und Hans nun auch die andre Hälfte des Reichs von seinem Schwiegervater ererbt hatte, fuhr er alsbald mit seiner Gemahlin nach seiner Heimat, um seine Eltern und Geschwister mit sich nach seiner Residenz zu nehmen.

Wie diese erstaunten, als die große goldne Kutsche vor die niedrige Tür der Köhlerhütte rollte und stillehielt, brauche ich dir wohl nicht erst zu beschreiben! Und als sie nun vollends in dem Könige ihren lieben Sohn Hans erkannten, der ihnen die schöne Prinzessin als ihre Schwiegertochter zuführte, da war gar des Staunens und der Freude kein Ende! Hans aber fuhr mit Eltern und Geschwistern und seinem ganzen Gefolge nach der Bärenhöhle, zu seiner alten Pflegemutter. Und als sie nun nicht mehr weit davon waren, da fingen sie alle an, sich zu fürchten, und baten den König umzukehren. Doch er beruhigte sie und ging, da sie alsbald bei der Höhle angekommen waren, ohne alle Begleitung hinein. Doch wie erschrak er! Da lag der gute Bär gar kümmerlich auf seinem Lager hingestreckt und wollte sterben. Denn da er so krank und schwach war, daß er sich selbst keine Speise mehr aus dem Walde holen konnte, so wäre er beinahe den Hungertod gestorben, wenn König Hans nicht noch zur rechten Zeit darüber zugekommen wäre.

Als der Bär seinen Pflegesohn erkannte, wollte er sich aufrichten, um ihm entgegenzukriechen; doch seine Kräfte versagten ihm, und er fiel wieder auf sein Lager zurück. Hans aber rief seinen Dienern zu, ihm Speise und Trank zu bringen; dann setzte er sich zu seinem Bären auf die Streu und streichelte ihn mit seinen Händen und pflegte ihn auf alle Weise. Und der Bär leckte mit seiner rauhen Zunge die Hände des Königs und sahe ihn gar freundlich an, als wollte er sagen: ›So kommst du doch endlich noch, um mir den letzten Dienst zu erweisen, und ich habe dich doch nicht umsonst gesäugt und gepflegt.‹

Nach und nach waren alle in die Höhle getreten, und die Königin legte den Kopf des alten Bären auf ihren Schoß, indem sie ihn mit ihren schönen Händen streichelte und sich, wie ihr Gemahl, auf alle mögliche Weise um ihn beschäftigte.

Doch alles umsonst! Der gute Bär war zu alt und zu schwach, um noch länger leben zu können. Nachdem er noch einen dankbaren Blick auf den König und seine schöne Gemahlin geworfen hatte, streckte er seine Glieder aus und verschied. Der König aber weinte um seine alte Pflegemutter, und alle waren gar sehr betrübt über den Tod des guten Tieres und standen noch lange an seinem Lager.

Dann begruben sie ihn unter dem Stamm einer alten Eiche und fuhren alle nach der Königsstadt zurück, wo Hans Bär, der König, noch viele Jahre mit seiner schönen Gemahlin glücklich und in Frieden regierte.